Copyright © 2025 Nabiwabook
All rights reserved.
By Ohdee Lee
Translation by K. H. Yoo
Designed by Joe Fitz

Tel: 010-8227-8359
Website: nabiwabook.com
E-mail: nabiwabook2021@naver.com
Instagram: instagram.com/nabiwabook_publisher
Blog: blog.naver.com/nabiwabook2021

ISBN: 979-11-989928-2-6
Publication Registration: 2025.03.20

This is a work of fiction. The names, characters, places, and incidents portrayed in it are either are the product of the author's imagination or are used fictitiously. Any resemblance to actual persons, living or dead, events or locales, is entirely coincidental.

All rights are reserved. No part of this publication may be reproduced, stored in a retrieval system, or transmitted in any form or by any means, electronic, mechanical, photocopying, recording or otherwise, without prior permission of the publishers.

THE DAILY PROPHET

Ohdee Lee

Translated by K. H. Yoo

나비와북
Nabiwabook

THE DAILY PROPHET

Rophe approached me the minute we locked eyes, as if she had been waiting for me to wake up.

"It says it's auspicious for me to be with someone with the suffix *-son* or *-man* in their name," she said out of nowhere.

Just as our ancestors used to gather at the start of a year and read their fortunes, Rophe dutifully recited the life course that AI had informed her of. She stood facing me, her back to the window, her face a shadow.

As the cloud of grogginess slowly cleared and my eyes adjusted to the sunlight streaming through the window, I began to see her face more clearly. 'But I don't have the suffix *-son* or *-man*. I only have -*mour* in my name,' I thought. It would seem I was not a particularly auspicious existence for Rophe.

I had long determined not to be swayed by Big Data's many proclamations, but I could not ignore the calculation that Rophe would only be happy with someone who was not me. It was as if her words were telling me to stop holding her back and let her find happiness with this mystery -*son* or -*man*.

I felt cross and almost spat 'I guess that means you'll be cheating on me with someone named -*son* or -*man*,' but shoved the words back down my throat. I didn't want to start the day with an argument. Instead, I gave her my toothiest smile and said, "So what does my fortune have in store?"

"How many times do I have to tell you? It's not a fortune, it's Big Data. Now let me see here..."

Rophe, excited at my rare display of interest, picked up my phone. She linked my date of birth and health details, which included my sleeping habits, to the tablet. I balked a little at this flagrant use of my personal information—after all, she wasn't even my wife yet. But Rophe's determined eyes as she gazed at the tablet caused me to straighten up and pay attention too. I was curious what Big Data had to say about my future.

The results flashed on the screen, and Rophe leaned in to get a better look. I hovered around her as well, trying to steal a glance, but her long hair obscured my view of the screen. She held me at arm's length and began reading AI's prophecy in a clear voice, as if she were reciting a poem.

"A splendidly colorful butterfly shall fly into a garden that is in full bloom."

"Isn't this a bit vague?" Yes, I had changed my settings so the tablet could not collect my personal information. Still, I had not expected an artificial intelligence to spit out such a nebulous forecast of my future full of metaphor and symbolism.

"Maybe it's because your life is uncertain right now," Rophe said.

"You're not wrong, but…"

I couldn't refute her words. Still, shouldn't it have been more specific? Told me what color clothing to wear, what food to eat, etc. Also, was I the flower or the butterfly? It didn't even say. I grumbled.

"That colorful butterfly must be me. And you're the flower in the garden," Rophe said in a playful voice.

"How so?"

Was Rophe expecting me to hit it big, like the garden in bloom? I waited expectantly, but her response took the wind out of my sails.

"Butterflies fly through the air, but you just lie around at home all day." She blinked innocently and tucked her hair behind her ear. "Plus, I'm more splendidly colorful than you."

OHDEE LEE

Speech evaded me. She had just put into words everything I had been thinking in the back of my head, everything I had feared was true but refused to acknowledge, and I felt a sting in both my conscience and ego. I already knew it was pathetic that I, her old boss and mentor, was now unemployed. I was no better than a houseplant, brought indoors from the garden to subsist on the butterfly's care and paychecks.

Rophe set the tablet down and climbed atop me. Seemingly oblivious to my inner turmoil, she beamed like a child and opened her arms wide, wanting a hug. She had no idea what a dagger to my heart her words had been. I avoided eye contact, locked my fingers together behind my head, and lay back down on the bed.

I turned my head to the side and said, "I could be the butterfly, you know. And the flower might be another woman." I made sure to stress the word "**another**".

"Why would you say something like that?" Rophe made a fist and punched me in the stomach. "What a thing to say to someone about to leave for a day of work. I'm leaving."

She hopped down from the bed and exited the room, leaving me reeling.

I knew I had gone too far. Rophe had been the only person to encourage me when I decided to quit my job, even supporting me financially all this time. I'd let my stupid inferiority complex get the better of me and lashed out at the only person in the world who was still on my team. Suddenly, I felt ashamed of my petty behavior. I kicked the blanket off my body and scurried after Rophe as she entered the washroom. I waited for her to finish washing her face.

"I've decided to go into the office today," I said, handing her a towel.

"What's gotten into you all of a sudden?" she asked, taking the towel and patting her face with it. There was no trace of anger or sullenness in her expression. I felt relieved.

"Well, I do have a job. I just haven't been doing it. I've been lazing around for far too long. It's about time I used that license of mine."

"So that's what's bothering you, is it, Mr. Detective?" she teased. Her face looked so pure and mischievous that I wondered if she had even been upset in the first place. I felt embarrassed at the roller coaster of emotions I had felt regarding her presumed mental state and was about to turn away without answering when she said, "But you know what?" Her face had turned serious. I tensed, unsure of what she would say. "I just want you to do what makes you happy."

I was moved. Yet again, I felt ashamed of who I had been just ten seconds earlier. My name may not have the suffix *-son* or *-man*, but I wanted to be the best partner to Rophe I could be. I took her into my arms.

"Thanks," I said.

OHDEE LEE

We went to our home office and prepared for work together. All this entailed was sitting down and wearing our goggles, but once we connected to the server and made our way to the virtual world, we walked to work together instead of teleporting to our respective offices. We strolled along the street hand in hand, as if on a date. Soon, we arrived in front of the portal to Rophe's company, the one we had once worked at side by side.

I thought of the day we first met. At the time I had been a manager three years, and Rophe was starting her first day. Like any other year, Big Data had placed the employees in the departments best suited to them based on each individual's personality and skillset. Rophe had graduated her training program at the top of her group, landing her on the Budget Management Team. My team.

According to Big Data, Rophe had a knack for seeing the big picture, for her intuition allowed her to see the entire forest rather than get bogged down among the trees. During her initial probationary period at the company, I noticed that she was focused, practical, and able to withstand the drudgery of repetitive tasks. Her eyes twinkled as she learned on the job, and I did my best to supply her with all the knowledge I had.

I soon began to wonder. Rophe thrived at work, came alive more and more the longer she was at the company. But I was moving in the opposite direction. My eyes began resembling those

THE DAILY PROPHET

of a dead fish, and I started to doubt Big Data's algorithm. Rophe loved what she was doing, said so herself that she found the work fun. On the other hand, I simply completed the tasks that were thrown my way and didn't derive an ounce of joy from them. I was never once happy at work.

As I spent more time with Rophe, the question grew. Is Big Data's decision truly optimal for everyone? Are there no holes in its decision-making process?

Ever since I was little, I always wanted a career I could lose myself in. Something like an astronomer, detective, or photographer. I wanted to forgo petty office politics and be acknowledged only for my professional prowess. But Big Data had placed me in an accounting job, where I constantly collaborated with other people on an endless series of menial tasks. When testing my aptitude, it had rated my innate ability to complete simple tasks highly.

I had never distrusted Big Data. I accepted all its decisions and walked the path it laid out for me. Even the date of my birth had been set to the most optimal day through machine learning. My entire life, I lived without doubt. But as time went on, I lost vigor. Life slowly drained from my body.

Was I the problem? Rophe and I both followed AI's guidelines, but why was it that she derived such pleasure from work while I began to die inside?

OHDEE LEE

It did not take long for me to realize the answer. The problem originated not with me, but with Big Data's system. Big Data never purported to help someone find a job they loved. It simply recommended a job in which one would excel. That was the problem. If your passion lined up with Big Data's results, you were one of the lucky ones. Most of us just ended up with dead fish eyes. It all came down to probability—an exceedingly low probability, at that.

I worked at my job for three years before I realized that my talent and passion were at odds. Rophe sparkled even more brightly in my eyes, for she had beaten the odds within a flawed system. I wanted her eyes, her expressions so animated and full of life.

As my envy of her grew, so did my admiration. The application that recommended a life partner pointed me in the direction of a different person, someone who was a better fit for my tendencies. However, by then I had decided not to obey Big Data.

I ignored AI's advice and began dating the person *I* liked. And I began doing the work *I* wanted to do.

I watched Rophe enter the portal before heading to my cheap little detective's office on the outskirts of town. I had paid the deposit and first month's rent using my severance pay, but contrary to my expectations business never picked up and I had to use part of Rophe's paycheck to make rent each month. If I may provide a paltry excuse, I did not have the foresight to predict that there would be little need for a detective in a world where every action taken by every single person is recorded and saved online. A detective's job is to find hidden information, but in today's world it was far more common for people to announce all the details of their lives on social media than it was for them to conceal anything. This was only exacerbated once everyone was implanted with an electronic chip. Information flowed freely, while clients did not.

I lingered at the window, making my presence known to passersby. High noon came and went, but no customer walked in. To be honest, I didn't need to wear the goggles and sit in the office to do my work. If someone were to visit, an alert would ring on my phone and I would be able to log on. But I couldn't leave now. Not after announcing to Rophe how I intended to spend the day in the office. I had to sit here with my goggles on until end of business, even if I didn't have a single client.

Lunchtime rolled around, and Rophe and I took off our goggles to eat together.

"Give it a little while longer. Soon, a splendidly colorful butterfly will flutter into your office," she said, punching my shoulder playfully. She reiterated the words from earlier in the morning, despite knowing how much I detested Big Data's conclusions.

"And you will meet someone with the suffix *-son* or *-man* in their name," I said a little bitterly.

"You're still thinking about that?"

Rophe giggled, then lightly punched my shoulder again. I was about to tell her to stop when my phone rang out with an alert. Someone was in my office. Rophe looked at me, mouthed "butterfly?", and shrugged. I shoved the remaining half of my sandwich in my mouth and put on my goggles.

I materialized in my office chair. There was a woman peering anxiously out the window. There was no way to know everything about her from her avatar, but she was wearing a premium skin and several pieces of expensive jewelry. I looked closer and saw that her broach and earrings were both butterflies. A rich butterfly had flown right into my office, just as Big Data had predicted.

I emitted a slight cough, at which the woman turned around, saw me, and approached. She eschewed all niceties and got right to the point.

"My little brother is missing. You must find him!"

I stood up. "Pardon?"

"My younger brother. He's gone. I haven't been able to reach him for two hours now."

I sat back down. "Two hours? I suggest you wait a little longer. I'm sure you will be able to reach him later today."

"No, you don't understand. He ran away. He… he didn't want to die. So he ran away."

I stood up again.

"Big Data told him that he would die today."

THE DAILY PROPHET

The woman grabbed my desk with both hands and thrust her face so close to my own that I nearly toppled over backwards. I sat her down and tried to calm her as she began mumbling her stream of consciousness thoughts. Soon, her breathing settled and she relayed the entire story chronologically. Here is the gist.

The siblings were getting ready for work in the morning, listening to AI's daily fortune just like everyone else did. The wrench was that her brother's forecast told him he would die. The two panicked the appropriate amount, and while the woman turned away for just a moment, her brother ripped out his electronic chip and disappeared without a sound. She went to the police, who began inspecting the many checkpoints installed everywhere, but there was no sign of him. After two hours of a fruitless search, she had decided to seek my services.

The woman and I brainstormed ways to find him, but her brother had been smart. He had not taken a single electronic device with him, which made tracking him down virtually impossible. I approached the problem from all angles, but there seemed to be no solution. I gazed out the window in the hopes of swirling up some sort of innovative thought in my brain. Then, I saw it. An electronic billboard advertising a new vacuum. Its specs floated across the giant screen like a peaceful river.

As I found myself unconsciously memorizing the vacuum's specifications, an idea popped into my head. I clapped and stood up. This was a world of advertisements, of forced 24-hour input. I decided to place a missing person report on billboards all over town. As over half the population would be logged onto the server at this hour, I focused my efforts on online billboards.

MISSING PERSON. AGE: 35. WAS NOTIFIED BY AI OF HIS IMPENDING DEATH TODAY.

I had no time to polish the copy. I simply crammed as much information as I could about him onto as many virtual billboards I could rent and made sure they went up immediately. Once I was done, I decided to question the woman further.

"Did anything else happen that was noteworthy? Anything at all?"

"Well, he did receive two more guidelines from the computer," she said.

"What? Why wouldn't you tell me this earlier?" I shouted. I couldn't understand why she had waited until all the billboards were up to inform me of a potentially crucial clue.

The woman shrank. "I... I didn't think it was important..." she said, her voice faltering. I caught myself. Here I was, shouting at a distraught woman whose brother was missing.

"In this situation, everything is important. Now, what were the two guidelines?" I asked. I made sure my voice was kind this time.

"One was, 'To go with nature, travel east.' The other was, 'It is advantageous to ride a motor vehicle.'"

THE DAILY PROPHET

Travel east in a car. I reiterated in my head all the clues I had heard, everything I knew about the missing man. A picture began to take shape. I opened my mouth cautiously.

"I believe your brother has gone west," I said.

"Why would he do that? We have no connection to that region."

"To escape death, of course."

"So you're saying…"

"I think he is doing the opposite of what AI told him to do."

I pulled up a navigation program on my computer. I input the man's address as the starting point and set the pace for an average man's walking speed. I then told AI to simulate westward travel from the starting point at the designated speed, favoring sidewalks accessible to pedestrians. The radar spun round and round on the screen before displaying an address.

BLOCK #7, CHEONGNA DISTRICT, SEO-GU, INCHEON.

It was a much more detailed address than I had anticipated. I quickly pulled up the CCTV footage of all cameras on Block #7. I felt proud of having had the foresight to get my public information literacy certificate in advance, in preparation for a situation precisely like this.

While I had pinpointed the location with ease, I knew I would not find the man quite as quickly. There were simply too many people coming and going within the many feeds I was monitoring.

OHDEE LEE

There were hundreds of people who fit the physical description the woman had provided of her brother. The AI stuttered and stalled, struggling to find our target.

I was about to ask the woman if there were any other details I needed to know when she abruptly pointed him out on the screen. She had recognized him from just his back. When I asked her how she knew, she simply replied, "I'm his sister." She disconnected from the server at once and left to find her brother.

I felt as if a strong gale had swept through my office. I had just solved a missing person case. I began working on a case file, the first in a long time. I looked at the clock; it was only four o'clock. I still had two hours until Rophe got off from work. I slipped my goggles off and watched her hard at work. She had a peaceful smile on her face. The smile that had made me fall in love with her.

I wanted her to finish work already so I could brag to her about today's grand success. I wanted to tell her that Madame Butterfly had flown into my office, just like AI had said she would. That's when I remembered something. AI had prophesied her brother's death. Even if she were to find him and bring him home, he was still not completely safe. If he gets into a car and begins traveling back east to his home, he would be fulfilling the prophecy. I called the woman. She answered right away.

"I can't thank you enough. I was just about to call you. I found him! We're headed home now."

THE DAILY PROPHET

"I'm glad to hear that. But listen. Don't go home."
"Don't go home? Then where..."
"Pull the car over right now. You must go west. On foot."

Rophe finished work right at six o'clock, and over dinner I told her everything that had happened as if I were relaying a hero's journey. My posture was stately with pride. I had done the impossible; I had made good of my bravado. I had completed a day's work all on my own.

"You're such a kind man," she said after I had finished my epic.

This was not the first time I had heard her say this to me. In fact, this was her go-to compliment for me. I never liked it. Whenever she called me kind, I always asked why she couldn't say I was dependable, or reliable, or a stand-up man instead. But we had started the day on the wrong foot, and I had accomplished quite a professional feat. I decided not to ruin the day by saying anything, to take her compliment at face value. But just a few minutes later, Rophe said something that threw a wet blanket on my entire day.

"It's too soon to celebrate. I think you need to wait until tomorrow for news of his fate."

She wasn't wrong, of course. In fact, she was very correct. Today was technically not over, so the jury was still out. Of course Rophe would be even keeled enough to recognize something like that.

OHDEE LEE

I turned wordlessly to the television. The news was on. The screen showed footage of dozens of automobiles trapped in a tunnel that was spewing black smoke as a reporter relayed the details of a car accident in the Inje-Yangyang Tunnel.

"If her brother had done what AI told him to, do you think he would be in that tunnel right now?" I said. I hated to engage in sophistry, but I couldn't help myself.

"There's no way to know. Too many variables."

"Right."

Rophe was so calm. As always.

"Big Data can even consider the effects of a butterfly flapping its wings in Brazil when making its predictions, you know."

The next morning, I awoke to my phone ringing. Rophe was nowhere to be seen. The caller was the woman from the day before.

"Good morning!" I said. I couldn't bring myself to ask what was really on my mind. Had AI been right or wrong? I couldn't tell from the silence on the other side. It had to be wrong. It had to. But how many times had it been wrong before? I couldn't think of a single time. I held my breath.

"Thank you, thank you so much! I can't believe I am living to see the day AI is wrong!"

THE DAILY PROPHET

The woman's voice was full of elation. I exhaled and swallowed. My throat was dry.

"I'm so proud of you." Rophe squeezed me the second I was off the phone. Her hair was wet.

"You're such a thoughtful person," she said.

"Not trustworthy or reliable?" I asked, again dissatisfied with her portrayal of me. But Rophe stuck to her original assessment. Instead, she hugged me with all her strength. She always did value action over words. She turned and left the room to prepare for work.

I walked her to the home office before heading to the living room. I planned to take the day off—a deserved break, I felt, after yesterday's events. I started by asking AI to recommend some music for me to listen to. It didn't skip a beat before playing "First Love is a Butterfly". The lyrics *you are my flower, a sorrowful butterfly* flowed out of the speakers. In contrast to the lyrics, the melody was quite upbeat. I wondered at AI's reason for bringing up flowers and butterflies for the second day in a row. I asked why it had selected this song.

"The song was selected due to the loyal nature of your relationship with Rophe," it replied.

Perhaps it was because I had deactivated the prediction software. AI truly knew nothing about me. Rophe was not my first love. I clicked my tongue, a small act of defiance against the machine. I lay on the couch to read. Suddenly, there was one more question I wanted to ask.

"Who is the butterfly, me or Rophe?"

"It is abundantly clear that Rophe is the butterfly."

Abundantly clear? What kind of AI speaks so decisively? I almost asked why it was so obvious that I was nothing more than a passive plant, then thought it might say something like "It is because you spend most of your time doing nothing" and shut my mouth. And the song was pretty good, actually. I picked up my tablet to finish reading the book I was in the middle of, *Le Papillon des étoiles*.

An advertisement popped up on screen. It was the missing person billboard I had commissioned yesterday. That's when I realized I had never taken the billboards down. I paused, unsure of what to do next. There was no need to keep the advertisements up when the missing individual had been located. In fact, it was likely I would receive an influx of false leads that would make my life more difficult. But the woman had already paid for a full week of ads. It would be such a shame to let that go to waste. I contacted the agency and asked them to alter the ad copy. To minimize the extra fees I would need to pay out of my own pocket, I decided to use the same basic wording as the original ad with some minor changes.

THE DAILY PROPHET

MISSING PERSON (FOUND). AGE: 35. WAS NOTIFIED BY AI OF HIS IMPENDING DEATH TODAY (BUT DID NOT DIE).

Satisfied, I picked up my tablet and began to read.

Right as I arrived at the part when the generation starship Le Papillon arrives at the exoplanet, Rophe finished the first half of her day and came out of the office. She asked if I wanted to eat out for lunch today, to celebrate yesterday's case. She had held off on celebrating at dinner, she said, for it was still too early to know if the case had been successful.

Panchiya, Sakabito, Moon Runner… we scrolled through the restaurants the app recommended to us. Suddenly, my phone began to ring out with alerts.

"A client two days in a row?" I said out loud. Actually, it wasn't one client. It was several clients. I was proud that Rophe saw me getting so much work, but mostly I was bemused at the current turn of events.

Rophe smiled. "Maybe it was multiple butterflies swarming the garden."

"Didn't you say the butterfly in the prophecy was you?" I left out the part where the AI had corroborated that the butterfly was, in fact, her.

OHDEE LEE

"I would like to be the butterfly, but I would like more to see you succeed."

Rophe told me to get to the office and headed out the door, promising to bring back some takeout. I rushed to the office and put on my goggles.

I was shocked by what I saw. What I had thought would be a few clients was dozens, all pushing and shoving and making a racket in my virtual office. Nothing like this had ever happened in this space before. Everyone declared they were here because of the billboard ads, that their case was the most urgent.

I shouted at everyone to line up single file, but nobody obliged. Each person insisted they had arrived at the office first. I understood their distress, but at this rate I wouldn't be able to speak to a single individual. I took a deep breath and bellowed, "If you truly believe your situation is the direst, please come to the front of the crowd!"

Mayhem ensued. Everyone yelled that their situation was the direst. What in the world had happened that caused so many people to panic in this way? I decided to communicate using a different method. I typed, and a speech bubble popped up over my head.

Please write the reason for your visit in the chat. I will read what everyone has to say.

THE DAILY PROPHET

Everyone stopped, and for the first time, the room fell silent. I watched as digital avatar fingers typed away feverishly.

Soon, speech bubbles began popping up over people's heads. Everyone had the same problem. It was a serious one.

AI says I will die soon.

The exact dates varied, but everyone had been notified that they would die within a week.

I had no idea what to say. The people formed a semicircle around my virtual self and waited for me to speak.

"I'm sorry to ask this, but are you all suffering from some sort of disease?"

"I have no illness. I'm a doctor," said a woman, stepping forward.

"Then…" I thought of the traffic accident in the tunnel. "Do you have any plans to ride in an automobile this week?"

"I have worked exclusively from home for the past ten years. I don't ever leave my house," said a man who identified himself as a tax accountant.

"Okay, then… did AI provide any other information? Any clues or guidelines?"

I was planning to tell them that they only need to do the opposite of what the AI tells them to do, like yesterday. But nothing. Everyone said AI had not provided any other information. It had simply told them to live their lives the way they had always done.

OHDEE LEE

All out of questions, I announced I needed to conduct some research and fled the office. I needed Rophe's advice.

I took a deep breath after removing my goggles. I explained the situation to Rophe, who had returned from picking up lunch.

"Looks like your ad about how you saved that guy's life really worked," she said.

"But I didn't say I saved his life," I retorted.

"I have a solution." she took a bite of her burrito.

"How can you eat at a time like this?" I sputtered, exasperated. I always knew Rophe was a dispassionate and logical person, but I couldn't understand how she could possibly digest food right now.

"I mean, this happens to me all the time," she said, chewing. She pushed her tablet toward me.

It is auspicious to meet someone with the suffix *-son* or *-man* in their name.

It was the fortune AI had provided to her yesterday morning.

"Why are you showing me this again? Why don't you just go looking for this mystery person then?" I could not understand why she was reminding me of this yet again, in such a serious situation no less.

"No. Read the lines underneath."

Rophe gently placed her hand on the top of my head, guiding it downward, and I looked back down at the screen.

THE DAILY PROPHET

The numbers 8 and 10 are auspicious. Purple garments will bring you good fortune. You will have good luck if you meet a friend with blood type B.

Why did she want me to see this? But then, I saw the final line.
You will die tonight.
The same message all my clients had received.

"Why are you showing me this just now? It says you're going to die!" I shouted. I felt as if my heart would stop. I could not imagine a world without Rophe. In a single moment, my future looked pitch black.

"I didn't tell you because I knew you would react just like this. Plus, it's not the first time I've gotten this prediction." Her voice was placid.

"You've gotten this message multiple times?" I asked, incredulous.

"I was shocked at first too. But ultimately, it never turned out the way AI predicted. I'm still alive, aren't I? Alive and breathing!" She bounced her open palms off her belly. I didn't mention how that area had nothing to do with breathing, that she was slapping where her small intestines were which were nowhere near her lungs.

If the AI were correct, Rophe was supposed to die yesterday. But here she was, right in front of me, eating her meal completely unbothered. Was all this nothing more than a mistake made by a flawed artificial intelligence? I finally understood how she could be so calm in the face of a death prophecy. This was a mistake, a technical error. Like earlier, when it wrongly played a song about first love in reference to my relationship with Rophe.

"I need to tell everyone to ignore their messages, that this is a technical error," I said. I turned to return to the office when Rophe grabbed my arm.

"They shouldn't just ignore them," she said. "If they do, they will surely die."

"Weren't you the one who said the AI's prediction was wrong?"

"Well, in my case I made sure it was wrong."

"How?"

Could Rophe control the AI?

"You already know how. You beat the AI yourself yesterday."

Yesterday's incident was only possible because my client did the exact opposite of what AI told him to do. Today was different. There were no guidelines regarding where to go or who to see. Today's clients must have seemed like model citizens to the AI, for it simply told them to go about their day as usual.

"You want the solution? You need to—"

That's when it hit me. The opposite of the target. A deviation from the norm.

"They need to live a life that is radically different from their daily routine!" I blurted.

THE DAILY PROPHET

Rophe nodded. It wouldn't be difficult. All they needed to do was not do what they always did. I turned toward the office when Rophe grabbed my arm again.

"Wait." She stared at the tablet screen, tapped a few times, and handed it over. "Look at these people's profiles."

A neat table showed each client's occupation. Pilot, doctor, prosecutor, accountant, patent attorney, pharmacist, architect...

"They're all highly specialized professionals."

"No, not that," Rophe shook her head. "Look at the other table."

A second table showed how many trophies the clients had received over their lifetimes. These trophies were merit badges people received every time they completed a task assigned by AI. There was no money to be made for completing the assignments, but the more ambitious individuals ticked them off their list with a frenzied passion. Even at the height of my submissiveness toward AI I barely accumulated any trophies, for the tasks were notoriously difficult to complete. But these people had all amassed a staggering number of trophies. In fact, their completion rate was all 100%.

"These people have never gone against AI, not once," Rophe said. She had found their social media accounts and was scrolling through a mélange of pictures and text.

OHDEE LEE

I knew it wasn't just the individuals in my office. In fact, it was harder to find someone who did not live his life based completely on the portfolio created for him by Big Data than it was to find someone who went against it. In an unstable world, machine learning algorithms and the conclusions they spit out provided security and comfort. Rophe was a living example of someone who had used the system to her advantage and consequently advanced professionally at lightning speed.

"I still need to talk to them. At least try to get them to go against it."

Rophe nodded. "It won't be easy."

When I returned to the office, I found everyone frozen in the same semicircle from earlier. I figured they had maintained their connection to the server but returned to their jobs. I sent out a group message.

Please refrain from going to work for the time being. For just one day, you must do the opposite of what AI commands. You must create a variable if you wish to live.

It felt counterintuitive instructing these individuals to listen to me over the all-knowing AI, but I had no other option. I had no doubt this was the only solution. All they needed to do was escape the ordinary for just a little while.

THE DAILY PROPHET

I was about to take my goggles off when the replies began streaming in. Most of them replied that they could not do as I asked. Someone launched into a lengthy explanation of why they had no choice but to do as the computer said and asked if there was any other way.

I'm in the middle of a huge project at work. I just got a big criminal case to investigate. We recently began clinical trials for a new drug. I can't lose focus now. If I do anything out of the ordinary, I could make things harder for many people.

The common thread in everyone's reasoning was that if they dropped the ball, the entire project or case or trial would fall apart. But to me, their excuses fell flat. What good was work in the face of death? It was clear these people had not once gone against AI. If they continued this way, the only inevitable conclusion would be death.

What good is all this if you are going to die!

I sent another group message, bolded this time to demonstrate my frustration.

Nobody responded. The minutes I was spending trying to convince them through digital messages felt like minutes wasted. I had to take an extraordinary measure.

I used the personal information I had received from them and sent an email in each person's name to their workplace. I said something along the lines of:

OHDEE LEE

Due to an unforeseen and unavoidable personal matter, I am unable to come to work for the foreseeable future. I will explain the details more when I am able to. I ask that you reassign my work to someone else. I apologize for the inconvenience.

I was committing identity theft, but there was no turning back now. My heart raced the entire time I was constructing the email, resulting in a bit of a rambling mess, but I forged ahead and pressed the send button. I reminded myself that everything was for their own good. This was a measure I had to take to save their lives, I told myself over and over.

Before long, people began storming into my office. They were even louder than before. One even grabbed my avatar by the collar. I was about to lay out my excuses, explaining how everything I did was to spare them from death, when suddenly a hush came over the room. What happened? Had the server crashed?

Everyone stood still, staring up into space. They were reading the emails they had received from their managers and clients. Maybe because I had sent the emails from my computer, but I could see the responses as well. They all said an iteration of: *Sure thing. We will assign your work to someone else in the department so don't worry about anything and rest.* We will see you when you return. The patent attorney who had grabbed me by the collar slowly released me. His face reddened with the realization that the company would be just fine without him.

THE DAILY PROPHET

I brushed away the newly formed wrinkles on my clothes and wished everyone luck, expressing my desire to have helped everyone take one step away from the certain death AI had predicted. I even added, somewhat cheekily, that they should consider taking a vacation somewhere far away. Everyone looked relieved, as if a heavy weight had been lifted from their shoulders. They nodded as they filed out one by one.

When I emerged from the office, Rophe had already finished work and was waiting for me. She held a bottle of wine.

"How about a drink?"

I readily accepted her invitation. I had many questions for her, the woman who presumably defied AI-predicted death again and again.

"So what is this about you escaping death?" I asked, pouring her a glass. "Am I to understand that you were sometimes disobeying AI and not telling me?" The Rophe I knew was always even-tempered and calm, a hater of chaos. I couldn't wrap my head around the fact that she had deliberately gone against the system time and time again.

"I wouldn't say *sometimes*," she answered.

"Oh, okay. So it was more like once in a blue moon. A very small number of times." Of course. This made much more sense. There was no way the Rophe I knew, the Rophe who had never so much as complained about work once, would ignore AI's guidelines. It was only people like me, who had a bone to pick with the life they had been given, who railed against the system.

"Nope. I've never listened to AI ever."

My head spun. I couldn't believe it. Every morning, she told me exactly what AI had recommended to her for the day. All this time, she had gone against those very recommendations.

"But you're in the job that Big Data placed you in. It told you to work for the Budget Management Team."

"Big Data didn't decide that. I applied to the team myself."

"You did? Why?" I realized I had never asked her directly how she came to work for my team. I had simply assumed the program had assigned her.

"Because of you."

"You joined the team because of me?"

"Because I knew you were a kind person," Rophe said. She wore a playful expression.

"Besides," she continued, "your name doesn't have the suffix *-son* or *-man*."

That again. I was not amused. But I couldn't help the smile that was spreading across my face. When I broke into a grin, she flew into my arms.

예언자 일보

이준형

예언자 일보

내가 눈을 뜨길 기다린 듯 언자는 나와 눈이 마주치자마자 내게 다가왔다. 그러더니 다짜고짜 이렇게 말하는 것이었다.

"오빠, 나 이름에 나무 목(木)이나 물 수(水)가 들어 있는 사람을 만나야 길하대."

마치 정초에 가족들끼리 모여 토정비결을 보던 먼 옛날의 풍습처럼, 언자는 인공지능으로부터 들은 자신의 인생 경로를 읊었다. 창문을 등지고 선 언자의 얼굴이 어둑하게 보였다.

잠기운과 눈부심이 가시면서 서서히 언자의 얼굴에 적응이 되자, 문득 '내 이름에는 나무도 없고 물도 없는데, 그렇다면 나는 언자에게 그다지 상서로운 사람이 못 되는가' 하는 생각이 들었다.

이준형

　빅 데이터의 말에 좌우되지 않기로 마음 먹은 지 오래였지만, 그래도 언자가 나 아닌 다른 사람을 만나야 잘 지낸다는 투의 연산 결과가 여간 신경 쓰이는 게 아니었다. 더 이상 언자의 발목을 붙잡지 말고 물과 나무에게 양보하라는 말로 들렸다.

　나는 괜히 심술이 나서 '그러면 나무 목이 들어가는 사람과 바람이 나나 봐?'라고 쏘아붙이려다가, 하루를 싸움으로 시작하기는 싫어서 눌러 담았다. 그 대신 최대한 상냥하게 이를 보이며 이렇게 말했다.

　"그러면 나의 운세는 어떻다는데?"

　"아이참, 운세가 아니라 빅 데이터라니까? 잠깐만 어디보자……."

　내가 관심을 보이자 언자는 신이 나서 나의 휴대폰을 집어 들었다. 이어서 나의 생년월일, 그리고 수면 상태를 포함한 건강 정보를 태블릿으로 연동시켰다. 아직 정식 부부도 아닌데 남의 개인 정보를 이렇게 마구 가져가도 되나 싶었다. 그러나 태블릿에 시선을 고정한 언자를 보며 나도 이내 관심이 생겨 자세를 고쳐 앉았다. 오랜만에 빅 데이터가 나의 운수를 어떻게 봐줄지 궁금했다.

　드디어 결과가 나왔는지 언자가 태블릿 화면을 향해 몸을 기울였다. 나도 화면을 보려고 기웃거렸지만 언자의 흘러내린 긴 머리카락에 화면이 가려 잘 보이지 않았다.

예언자 일보

언자는 한 팔로 나를 제지하고는 인공지능의 예언을 시를 낭송하듯 또박또박 읽었다.

"정원에 꽃이 만발하니 화려한 무늬를 가진 나비가 날아드는도다."

"아니, 무슨 인공지능이 이렇게 두루뭉술하게……."

물론 내가 기계에게 정보를 수집하지 말아달라고 요청해 놓은 상태이기 때문이겠지만, 그래도 냉철한 인공지능이 비유와 상징을 사용해서 내 앞길을 묘사할 줄은 예상하지 못했다.

"그야 오빠가 애매모호하게 살고 있어서 그런 게 아닐까?"

"틀린 말은 아니지만……."

나는 반박을 못 하고 인정할 수밖에 없었다. 그렇더라도 무슨 색깔의 옷을 입으라든가, 무엇을 먹으라는 식의 명확한 지시 하나 없이 마냥 뜬구름을 잡는 말투라니 좀 심한 게 아닌가? 더구나 내가 꽃이나 나비 둘 중 무엇인지도 애매했다. 내가 궁시렁대자 언자가 장난기 가득한 말투로 그 나름의 소견을 말했다.

"그러면 그 화려한 나비는 나를 말하는 게 아닐까? 오빠가 꽃이고."

"어째서?"

인공지능이 정원에 꽃이 만발할 거라고 예상한 것처럼, 언자도 내가 대박을 터뜨릴 거라 여기고 있는 걸까? 이런

이준형

　기대를 안고 되물었지만 언자의 대답은 나의 바람을 금세 깨뜨렸다.
　"나비라면 훨훨 날아다녀야 하는데, 오빠는 하루 종일 집에서 누워만 있잖아." 언자는 객쩍이 눈을 껌뻑이며 자신의 머리칼을 귀 뒤로 넘겨 보였다.
　"그리고 화려하기로 치면 내가 더 화려하고 말이야."
　나는 말문이 막혔다. 늘 염두에 두고 있던 생각의 정곡을 찔려서 지레 뜨끔했다. 안 그래도 예전에는 명색이 언자의 직장 상사였던 사람이 백수 생활을 하고 있다는 게 내가 보기에도 한심스럽고 염려스럽던 참이었다.
　소프트웨어로부터 모호한 점지를 받고, 내가 하루 종일 집에서 누워만 있는다는 언자의 말을 듣자 찔리면서도 한편으로는 서글펐다. 언자가 나비처럼 열심히 벌어 오는 돈으로 나는 그저 발이 묶인 식물처럼 연명하고 있다는 기분이 들었기 때문이었다.
　이런 생각을 하고 있으려는데 언자가 태블릿을 내려놓고 누워 있는 나를 올라탔다. 나의 억하심정을 아는지 모르는지 언자는 생글생글 웃으며 안아달라는 의도로 두 팔을 벌려 나를 바라봤다. 본인이 무심하게 한 말이 나에게 비수가 되어 날아왔는지 모르는 듯 했다. 무슨 말을 내뱉었는지조차 잊은 듯 했다. 나는 언자의 눈길을 애써 무시하고 두 손을 깍지 껴

예언자 일보

베개처럼 베며 도로 누웠다. 그리고는 고개마저 옆으로 돌린 채 볼멘소리로 말했다.

"내가 나비일 수도 있잖아. 꽃이 과연 어떤 외간 여자일지도 아직 모르는 일이고."

나는 부러 외간이라는 단어에 힘을 주어보았다.

"무슨 말을 그렇게 해?" 언자가 내 배를 주먹으로 퍽 하고 내리쳤다.

"일하러 가는 사람에게 안정은 못 줄망정. 나 갈래."

기습 공격을 받은 내가 반격할 틈도 없이 언자는 침대에서 훌쩍 뛰어내리더니 출근 준비를 하러 방을 나섰다.

언자의 뾰로통한 뒷모습을 보자 내가 말을 너무 심하게 했다는 생각이 홀연히 밀려왔다. 그래도 언자만이 유일하게 나의 퇴사를 적극적으로 지지해주었고, 지금은 경제적으로도 지원 해주고 있는 사람인데, 고작 나의 자격지심 때문에 유일한 내 편에게 모진 말을 한 것 같아 미안한 마음이 들었다. 언자는 아침부터 애써 미태를 부렸건만 나는 되지도 않게 질투심을 유발하려고 한 게 창피했다. 나는 이불을 걷어차고 잠자리에서 빠져나와 세면실로 들어가는 언자를 종종걸음으로 좇아갔다.

사과를 할 요량으로 언자가 세안을 마치기를 기다려 수건을 건네며 말했다.

"나도 오늘 출근하려고."

이준형

"갑자기 무슨 바람이 들었길래?"

언자는 건네받은 수건으로 얼굴을 두드리며 물었다. 언자의 표정을 살피니 지르퉁한 기색이 지워진 것 같아서 마음이 놓였다.

"나도 엄연히 직업이 있는데 너무 빈둥대기만 하는 거 같아서. 기껏 따놓은 자격증을 놀리고 있는 게 아깝기도 하고."

"아이고, 그게 맘에 걸리셨어요, 우리 탐정 선생님?"

언자는 다 쓴 수건을 수건걸이에 걸며 장난스럽게 말했다. 얼굴에 농기가 가득한 걸로 보아 언자는 애당초 토라진 적이 없어 보였다. 나만 공연히 혼자 마음을 쓴 건가 싶어 대답을 않고 돌아서려는데 언자가 말을 이었다.

"그런데 오빠." 언자의 표정은 사뭇 진지했다. 무슨 말이 나올지 몰라 긴장이 되었다.

"나는 오빠가 하고 싶은 일을 했으면 좋겠어."

진심 어린 언자의 말에 마음이 놓이면서 난데없이 감동이 몰려왔다. 좀 전에 또 대답 없이 언자를 퉁명스럽게 대한 나 자신이 부끄러워졌다. 비록 내 이름에 나무나 물은 없지만 언자에게 복된 사람이 되고 싶은 마음이 일었다. 나는 언자를 가볍게 안았다.

"고마워."

언자와 나는 함께 서재로 가서 출근 준비를 했다. 출근이라고 해봤자 옆방에 마련된 서재에서 고글을 쓰는

예언자 일보

게 전부이기는 했지만. 우리는 가상 세계가 마련된 서버에 접속해서 회사까지 함께 걸어갔다. 아침 데이트를 하는 기분을 만끽하려 사무실로 순간 이동을 하지 않고 부러 손을 잡고 걸었다. 어느덧 우리가 함께 다니던 회사의 포털 앞에 다다랐다.

 양손을 흔들며 뒷걸음질로 회사로 들어가는 언자의 모습을 바라보고 있자니 언자를 처음 만났던 날이 떠올랐다. 언자와 나는 같은 회사에서 처음으로 만났다. 당시 나는 3년 차 주임이었고 언자는 신입이었다. 매년 그래왔듯 빅 데이터가 신입들 저마다의 성격과 능력에 맞추어 알맞은 부서로 보냈고, 그중에서도 가장 우수한 성적으로 연수를 마친 언자는 예산관리팀으로 들어왔다. 바로 내가 있는 팀이었다.
 언자는 빅 데이터로부터 나무보다 숲을 보는 직관 능력이 우수하다는 평가를 받았다. 언자가 수습 생활을 하는 모습을 직접 지켜본 결과, 빅 데이터의 말에 더해서 집중력과 현실 감각도 우수했고, 반복되는 업무에 대한 참을성도 강했다. 늘 빛나는 눈으로 일을 배우려 했고 나도 그에 부응하여 실무 지식을 기꺼이 나누어 주었다.
 그러던 어느 날부터였다. 갈수록 점점 더 반짝여가는 언자의 눈을 보며 나는 빅 데이터가 진로를 추천해주는 방식에 의구심을 갖기 시작했다. 언자와 달리 나의 눈은

이준형

점차 동태눈이 되어 가고 있다는 걸 알아차렸기 때문이었다. 언자는 정말로 자기가 좋아하는 일을 하고 있는 모습이었다. 자기 입으로도 일이 참 재미있다고 말했다. 반면 나는 단순히 주어진 일을 처리할 줄만 알 뿐 언자처럼 즐겁지 않았다. 기쁜 마음으로 일해 본 적이 단 한 번도 없었다.

 언자와 함께 하는 시간이 길어질수록 나의 안에서는 '빅 데이터의 결정이 과연 모든 사람에게 최적일까? 결정에 맹점이 있는 건 아닐까?' 하는 의문이 커져갔다.

 나는 어려서부터 하나의 일을 깊게 파고들며 몰두할 수 있는 직업을 갖고 싶었다. 천문학자, 탐정, 사진작가 같은. 그리고 다른 사람들과 부대끼지 않으면서 내 고유의 능력을 오롯이 단독으로 인정받고 싶었다. 하지만 빅 데이터는 그저 나의 간결한 일 처리 능력을 높이 평가해서, 여러 일을 협력해서 빠르게 처리하는 회계, 세무 등의 업무를 제시해주었다.

 빅 데이터가 내어주는 결과가 옳은 길이라고 굳게 믿어왔기 때문에 별 다른 저항 없이 순순히 빅 데이터가 권해준 길을 걸었다. 내가 태어난 날조차 기계 학습의 결과에 따라서 최적으로 맞춰진 날짜였으니까. 그래서 아무런 의심 없이 여지껏 살고 있었다. 그러나 시간이 갈수록 나는 점점 생기를 잃어갔다.

예언자 일보

　나에게 문제가 있는 걸까? 언자와 나 모두 인공지능의 가이드를 따랐건만 어째서 언자는 즐기며 일을 하는데 나는 그렇지 못한 것일까?
　그 이유를 알기까지 그리 오래 걸리지 않았다. 문제는 나에게 있지 않았다. 원인은 바로 빅 데이터의 시스템에 있었다. 빅 데이터는 누군가가 좋아하는 일을 하도록 돕지 않았다. 단지 그 사람이 잘 해낼 수 있는 일만을 추천해 줄 뿐이었다. 그게 문제였다. 빅 데이터가 추천하는 업무와 자신의 적성이 맞아떨어지는 경우라면 다행이겠지만 그런 경우는 드물었다. 우리 팀에서 언자를 빼고는 모두 나와 같은 눈을 하고 있었다. 결국 운이었다. 그것도 매우 낮은 확률의 운.
　내가 활력을 잃어가는 이유가 재능과 적성이 어긋나서라는 것을 3년이 지나서야 알게 되었다. 새삼 빅 데이터에 허점이 있다는 사실을 깨닫고 나서 언자의 모습을 다시 보니 전보다 더 반짝이는 것 같았다. 나도 언자와 같은 눈과 표정이 갖고 싶어졌다.
　생생하게 빛나는 언자와 함께 지내며 언자를 부러워하는 마음이 자라나는 한편, 언자를 흠모하는 감정도 부풀어 오르기 시작했다. 배우자를 추천해주는 애플리케이션은 나에게 언자가 아닌 다른 적합한 사람을 추천해주고 있었다.

이준형

하지만 이미 빅 데이터의 말을 고분고분하게 듣지 않기로 마음먹은 나에게는 쇠귀에 경 읽기였다.

    나는 인공지능의 말을 뒤로한 채 내가 좋아하는 사람을 만나기 시작했다. 그리고 좋아하는 일을 하기 시작했다.

    언자가 포털로 들어서는 모습을 끝까지 지켜보고 난 후, 나는 외곽에 저렴하게 마련한 나의 탐정 사무실로 발길을 돌렸다. 입주금은 나의 퇴직금으로 해결했지만 예측과는 달리 일이 곧잘 들어오지 않아서 그 이후의 세는 언자의 월급으로 충당해 나가고 있는 사무실이었다. 굳이 변명을 하자면, 요즘같이 서버에 모든 생활 기록이 저장되는 시대에 탐정이 할 일이 별로 없다는 사실을 예상하지 못했다. 탐정이라면 모름지기 숨어 있는 정보를 찾아내야 할 터인데 오히려 사람들 스스로 자신이 어디에서 무엇을 하는지 SNS에 드러내는 통에 정보의 공백이 좀처럼 일어나질 않았다. 모두의 몸에 전자 칩을 심은 이후로는 더더욱 그러했다. 정보가 넘쳐나서 오히려 가뭄이 든 모양새였다.

    그동안 손님이 없던 이유가 늘 자리를 비워서일 수도 있겠다 싶어서 창가에서 서성였다. 그러나 오늘도 역시 해가 중천에 떠오를 때까지 단 한 명도 사무실로 찾아오지 않았다. 사실, 이렇게 직접 고글을 쓰고 들어와 있지 않더라도 누군가가 사무실에 방문하면 알람이 울려서 알아챌 수 있었다.

예언자 일보

하지만 이미 언자에게 호기롭게 출근을 하겠다고 선언한 이상 반나절은 더 고글을 쓴 상태로 버텨 볼 생각이었다.

버티기에 앞서 배가 고파져서 일단 고글을 벗고 언자와 함께 점심을 먹었다. 언자는 나의 어깨를 툭 치며 파이팅을 불어넣어 주었다.

"조금만 더 기다려 봐. 곧 화려한 나비가 날아들 테니까."

언자는 내가 빅 데이터의 학습 결과를 듣기 싫어하는 걸 뻔히 알면서도 일부러 짓궂게 오전의 문장을 상기시켰다. 그래서 나도 받아쳤다.

"그리고 언자는 이름에 나무 목이나 물 수가 있는 사람을 만날 테지."

"그걸 아직도 담고 있었어?"

언자는 피식 웃었다. 그리고 다시 한 번 나의 어깨를 툭 쳤다. 한 번만 더 때리면 나도 가만히 있지 않겠다고 말하려는데 휴대폰에 알람이 울렸다. 누군가가 나의 사무실에 방문했다는 연락이었다. 언자와 나는 마주 보며 동시에 '나비?'라는 입모양을 하고는 어깨를 으쓱했다. 나는 허겁지겁 샌드위치를 밀어 넣고 재빨리 고글을 썼다.

나는 곧바로 사무실의 의자로 소환되었다. 사무실에 들어서자 한 여성이 초조하게 밖을 보며 나를 기다리고 있었다. 아바타의 외양만으로 이 사람이 어떤 사람인지

이준형

가능할 수는 없겠지만, 유료 의상을 입고 척 보기에도 고급진 액세서리를 한 것으로 보아 돈이 꽤나 많아 보였다.

자세히 보니 브로치와 귀걸이가 나비 모양을 띠고 있었다. 이 손님이 정말로 오전에 빅 데이터가 말한 그 화려한 나비인가? 이러한 생각을 하며 나는 잔기침을 해 인기척을 내었다. 바잡게 출입문만을 응시하던 그녀는 내가 나타난 것을 알아채고 성큼성큼 걸어왔다. 그리고 인사도 없이 다급하게 용건을 꺼냈다.

"제 동생이 사라졌어요. 동생을 찾아주세요!"

사람이 사라졌다는 말에 놀란 나는 벌떡 일어섰다. "네?"

"제 남동생이 사라졌다고요. 벌써 두 시간째 연락이 닿지 않아요."

두 시간이라는 말에 나는 기운이 푸시식 빠져서 다시 털썩 의자에 앉았다.

"아직 두 시간밖에 안 되었으면 조금만 더 기다려보시면 되지 않을까요?"

"죽기 싫어서 도망친 것 같단 말이에요!"

"그게 무슨……." 나는 다시 엉거주춤 일어났다.

"빅 데이터가 동생에게 죽을 거라고 했어요."

두 손으로 책상을 부여잡으며 얼굴을 바투 들이미는 바람에 나는 하마터면 엉덩방아를 찧을 뻔했다. 의식의 흐름에 따라 말을 쏟아내는 그녀를 자리에 앉히고 진정을

예언자 일보

시켰다. 조금이나마 차분해진 그녀는 시간의 흐름대로 차근차근 전말을 들려주었다. 의뢰인의 말을 정리해보면 이랬다.

 누구나 으레 그러하듯 남매는 출근 준비를 하며 인공지능에게 오늘 해야 할 일과 일어날 일을 미리 들었다. 그런데 남동생이 오늘 안에 죽게 된다는 연산 결과를 받은 것이었다. 청천벽력 같은 소리에 놀란 둘은 이러한 결과를 앞에 두고 어찌해야 할지 몰라 함께 발을 동동 굴렀다. 그리고 누나가 잠시 한눈을 판 사이에 동생은 전자 칩을 떼어내고 조용히 사라졌다. 경찰의 도움으로 도로 곳곳에 검문소가 설치되어 동생을 찾고 있는 중이었지만, 두 시간 째 소득이 없자 여기까지 찾아온 것이었다.

 의뢰인과 나는 머리를 맞대고 동생을 찾을 방안을 궁리했다. 하지만 아무리 기술이 발전했다 하더라도 전자 장비 하나 챙기지 않은 동생의 위치를 찾기란 불가능했다. 뾰족한 수가 떠오르지 않았다. 생각을 짜내기 위해 먼 곳을 응시하다가 사무실 창문 밖으로 시선이 멈췄다. 새로운 전자 기기를 광고하는 전광판이 눈에 들어왔다. 신제품의 정보가 잔잔하게 흘러가고 있었다.

 잠시 넋을 놓은 사이 새로운 청소기의 스펙이 머릿속으로 강제로 주입되는 동안 한 가지 대책이 뇌리를 스쳤다. 나는 손뼉을 치며 일어섰다. 그렇다. 모든 사람들이 광고에 파묻혀

이준형

사는 세상이었다. 의뢰인과 나는 광고를 통해서 실종 신고를 하기로 했다. 사람들의 절반이 가상 세계에 있을 시간인 만큼 온라인을 중심으로 광고를 했다.

「사람을 찾습니다. 나이 35세. 특이사항: 인공지능으로부터 오늘 안에 죽게 된다는 말을 들음.」

육하원칙에 부합되는지 확인할 겨를이 없었다. 의뢰인으로부터 전해 들은 정보를 모조리 욱여넣고 가상 세계의 각종 옥외 배너들에 글을 올렸다. 두 시간 동안 정신없이 곳곳에 광고를 게재하고 나자 잠시 숨 돌릴 틈이 생겼다. 그러나 동생을 찾기 전까지는 이러고 있을 시간이 없다는 생각에 의뢰인에게 추가 질문을 던졌다.

"그 밖에 또 다른 특이한 점은 없었나요?"

"실은 컴퓨터로부터 두 가지 지침을 더 받기는 했어요."

"아니, 그걸 왜 이제야 말하시나요?" 나는 중요한 단서를 빠뜨리고 헛방을 쳤다는 생각이 들어 큰 소리로 따졌다.

"그다지 중요한 내용으로 보이지는 않았거든요······." 나의 말에 주눅이 들었는지 의뢰인의 목소리가 점차 줄어들었다. 지금 그 누구보다 힘들어하고 있을 고객을 다그쳤다는 데에 퍼뜩한 나는 목소리를 다시금 가다듬고 말했다.

"지금 상황에서는 모든 게 중요한 단서예요. 자, 그 두 가지가 뭐였나요?"

예언자 일보

"하나는 '동쪽으로 가는 것이 순리에 맞다'는 거였고, 또 하나는 '자동차를 타야 좋다'는 거였어요." 의뢰인은 손가락을 하나씩 접어가며 말했다.

동쪽과 자동차……. 두 키워드를 바탕으로 의뢰인의 동생이 어디로 갔을지 곰곰이 생각해 보았다. 동쪽으로 차를 타고 간다면……. 단서들을 되뇌자 머릿속에 점점 구체적인 그림이 그려지기 시작했다. 만약 동쪽으로 차를 타고 가지 않는다면……. 혹시나 하는 생각이 든 나는 추리 결과를 조심스럽게 내보였다.

"남동생분은 아마도 서쪽으로 가신 것 같아요."

"왜 그쪽으로 갔을까요? 저희는 그쪽에 아무런 연고도 없는데……."

"예견된 죽음을 피하려고요."

"그 말은……." 의뢰인은 서서히 나의 말에 집중하기 시작했다.

"인공지능의 말과 반대로 하신 거죠."

한시가 급하기 때문에 나는 더 이상의 설명은 미루고 바로 검색을 시작했다. 나는 의뢰인의 집 주소인 개화동을 컴퓨터에 입력하고 성인 남성의 보통 걸음 속도를 적용했다. 입력을 마치고 서쪽 구역 중에서 동생분을 찾아낼 것을 인공지능에게 명령했다. 차도가 아닌 인도 위주로 찾을

이준형

것도 빠뜨리지 않았다. 화면에서 레이더가 빙글빙글 돌더니 인공지능이 대번에 예상 위치를 출력했다.

「인천 서구 청라 지구 7블럭.」

생각한 것보다 위치가 더 구체적으로 산출되었다. 나는 급히 해당 블럭의 CCTV 화면을 모조리 불러왔다. 오늘 같은 때를 대비해서 미리 공공정보 활용능력 자격증까지 마련해 둔 나 자신이 대견했다. 그러나 장소는 빨리 찾아내긴 했지만 동생의 모습을 찾기까지는 시간이 많이 필요해 보였다. 그러모은 수많은 영상들 속에 오고 가는 사람이 너무 많았기 때문이었다. 의뢰인이 말해 준 인상착의와 비슷한 사람이 한둘이 아니었다. 영상을 제공해 준 인공지능도 쉽사리 찾아내지 못하고 버벅거렸다.

또 덜 말해준 단서가 있지는 않은지 물어보려는데 의뢰인이 동생을 단박에 가리켰다. 뒷모습만으로 알아본 것이었다. 어떻게 한 번에 찾아냈냐는 내 질문에 의뢰인은 '친누나니까요.'라는 답변을 남기고는 재빨리 가상 세계와의 접속을 끊고 동생을 찾으러 떠났다.

한바탕 된바람이 휩쓸고 지나간 기분이었다. 순식간에 실종 사건을 한 건 처리하였다. 간만에 사무실에서 탐정일지를 작성했다. 시간이 꽤 지났겠지 싶어 시계를 보았지만 아직 네 시 언저리를 가리키고 있었다. 언자가 퇴근하려면 두 시간이나 남은 시각이었다. 괜스레 혼자서 열을 올린 것

예언자 일보

같아 민망해진 나는 고글을 살짝 벗고 언자가 열심히 일하는 모습을 바라보았다. 얼굴에 차분하게 미소를 띤 채로 일을 하고 있었다. 내가 반했던 그 표정이었다.

언자의 일이 마치기를 기다려 탐정 사무소가 흥했다고 어서 자랑을 하고 싶었다. 인공지능의 말처럼 정말로 나비 부인이 날아들었다고 고할 생각이었다. 그 순간 놓치고 있던 무엇인가가 퍼뜩 떠올랐다. 인공지능이 나에게 한 예견을 곱씹자 의뢰인의 동생에게 한 말도 함께 떠오른 것이었다. 의뢰인의 동생은 죽음을 예언 받았다. 그러나 아직 그 마수에서 완전히 벗어난 게 아니었다. 만약 지금 차를 타고 집으로 돌아오게 된다면 인공지능이 말한 대로 동쪽으로 움직이는 꼴이 되고 말 것이었다. 나는 재빨리 의뢰인에게 연락을 했다. 의뢰인은 바로 전화를 받았다.

"감사합니다, 선생님. 마침 연락을 드리려고 했어요. 지금 같이 집으로 가는 중이에요."

"잘됐네요." 나는 넋이 올라서 재빨리 대답했다. 그리고 바로 용건을 말했다.

"그런데 집으로는 가지 마세요."

"집으로 가지 말라뇨? 그러면 어디로……." 의뢰인은 방향을 잃은 말투로 되물었다.

"지금 당장 진로를 돌려서 다시 서쪽으로 가세요. 걸어서요."

이준형

정시에 맞춰 퇴근을 한 언자와 함께 저녁을 먹으며 나는 오늘 있었던 일을 영웅담처럼 늘어놓았다. 나의 어깨는 하늘 높은 줄 모르고 올라가기만 했다. 호언장담을 한 바로 당일에 사람 구실을 한다는 걸 증명해냈기 때문이었다. 언자의 손을 빌리기만 하는 게 아니라 어엿하게 일인분을 해 보이는 모습을 보일 수 있어서 뿌듯했다.

"참 상냥한 사람이야, 오빠는."

내 서사시를 들은 언자가 감상을 말했다. 언자는 이렇게 종종 칭찬의 일환으로 상냥하다고 하곤 했다. 나는 늘 그 표현 말고 듬직하다, 든든하다와 같은 다른 수식어를 붙여 줄 수는 없냐고 따져 물었다. 하지만 오늘은 이미 한 번 서로의 기분을 상하게 한 바 있고, 또 오랜만에 탐정으로서 공을 세운 날이었기 때문에 구태여 따지지 않고 화기애애하게 식사를 하기로 다짐 했다. 그러나 얼마 지나지 않아서 언자가 먼저 찬물을 끼얹듯 한마디 했다.

"그런데 너무 기뻐하기는 일러. 내일까지 차분하게 소식을 기다려봐야 하지 않을까?"

틀린 말은 아니었다. 오히려 아주 맞는 말이었다. 아직 오늘이 다 지나간 게 아니었으니까. 역시 침착한 언자였다.

말문이 막힌 나는 하릴없이 텔레비전으로 고개를 돌렸다. 마침 텔레비전에서는 속보가 흘러나오고 있었다. 뉴스는

예언자 일보

인제-양양 터널에서 발생한 교통사고를 보도하고 있었다. 화면에서는 자동차 수십 대가 터널 안에 갇힌 채 검은 연기를 내뿜고 있었다. 동쪽, 자동차……. 불현 듯 한 가지 생각이 머리를 스치고 지나갔다.

"만약 오늘 그 동생분이 인공지능이 시킨대로 움직였다면 저 현장에 있게 되지는 않았을까?" 궤변인 걸 알면서도 나는 툭 내뱉었다.

"그야 모르는 일이지. 변수가 여간 많고 복잡한 게 아니니까." "그렇겠지."

나도 수긍했다. 언자는 역시 차분했다.

"빅 데이터는 브라질에 있는 나비 한 마리의 날갯짓까지도 감안하고 있을 수 있어."

🦋🦋🦋

다음 날 아침, 이번에는 언자의 기척이 아닌 전화벨 소리에 잠을 깼다. 언자의 모습은 보이지 않았다. 발신자를 확인하니 어제의 의뢰인이었다. 나는 침대에서 튕겨 나오듯 일어나 전화를 받았다.

"잘 주무셨나요?"

나는 아침 인사만을 겨우 던졌다. 차마 먼저 중요한 말을 꺼내지는 못 했다. 과연 인공지능의 예측이 맞았을까,

이준형

틀렸을까? 보이지 않는 수화기 너머의 공기를 읽을 수가 없었다. 나는 당연히 인공지능이 틀리기를 바랐지만 인공지능의 미래 예지 능력이 워낙 우수한지라 숨을 죽이고 의뢰인의 대답을 기다렸다.

"선생님 감사해요! 인공지능이 틀리는 모습을 다 보네요 제가."

다행히 저편으로부터 환희에 찬 목소리가 터져 나왔다. 의뢰인의 말은 어제와 마찬가지로 두서도 없고 어순도 엉망이었지만 아무래도 상관없었다. 나는 그제야 숨을 내쉬고 마른침을 삼켰다.

"오빠 너무 자랑스럽다." 언제 방에 들어왔는지 언자는 통화가 종료되기를 기다려 나를 꼭 껴안았다. 머리가 축축한 걸로 보아 오늘이 머리를 감는 날인 게 분명했다.

"참 자상한 사람이야, 오빠는."

"믿음직스러운 것까지는 아니고?"

이번에도 성에 안 차는 꾸밈말이어서 다른 그럴듯한 말이 없는지 따져 물었다. 그러나 언자는 끝끝내 내가 듣고 싶어 하는 말을 해주지 않았다. 그 대신 평소보다 힘껏 나를 껴안아 주었다. 늘 말보다는 행동으로 대신하는 언자였다. 그러고는 획 돌아 출근 준비를 하러 방에서 나갔다.

예언자 일보

　나는 출근하는 언자를 서재까지 배웅해주고 곧장 거실로 다시 나왔다. 어제 열심히 달렸으니 오늘은 좀 쉴 요량이었다. 우선 인공지능에게 음악을 추천해 달라고 했다. 인공지능은 한치의 망설임도 없이 노래 한 곡을 틀어주었다. 화면에 표시된 노래의 제목은 『첫사랑의 나비』였다. '너는 나의 꽃, 슬퍼지는 나비'라는 가사가 얼핏 훑고 지나갔다. 가사와는 달리 꽤 발랄한 노래였다. 그런데 어제도 나비와 꽃 운운하더니 오늘도 그런 비슷한 주제의 노래를 틀어주는 인공지능의 저의가 궁금했다. 그래서 인공지능에게 왜 이 노래를 골랐는지 물었다.
　"언자 님과 함께 서로의 곁을 지키는 모습으로부터 연상 작용이 일어났습니다."
　인공지능의 예측 소프트웨어를 비활성화해 놓아서인지 나에 대해서 전혀 심층 학습이 되어있지 않았다. 언자는 나의 첫사랑이 아니었다. 나는 인공지능에다 대고 혀를 끌끌 찼다. 인공 지능을 무시해주고 나서 소파에 누워 책을 보려는데 돌연 또 물어보고 싶은 말이 생겼다.
　"그러면 나랑 언자 중에서 누가 나비야?"
　"당연히 언자 님이 나비인 것으로 사료됩니다."
　당연히? 무슨 인공지능이 이렇게 단정적으로 역할을 나누어 준담? 어처구니가 없었다. 왜 내가 식물로 취급받아야 하는지 인공지능에게 물어보려 했지만, 괜히 기계로부터

이준형

'대부분의 시간을 백수로 지내기 때문입니다'와 같은 촌철살인의 말을 듣게 될까봐 미리감치 그만두었다. 그와는 별개로, 추천해 준 노래는 꽤 듣기 좋아서 다른 노래로 굳이 바꾸지 않고 그대로 두었다. 그리고 저번에 읽다 만 『파피용』을 읽기 위하여 태블릿을 꺼내 들었다.

 태블릿에 전원을 넣자 광고 하나가 화면에 팝업되어 나타났다. 어제 올린 실종자 광고였다. 그제야 사건이 종료되고 나서 광고를 미처 내리지 않았다는 사실을 깨달았다. 흘러가는 광고를 바라보면서 이 광고를 어떻게 처리해야 할지 고민이 되었다. 실종자를 이미 찾은 이상 광고를 계속 올려놓을 필요는 없었다. 무엇보다 저대로 방치했다가는 허위 제보만 잔뜩 들어와 귀찮아질 우려가 있었다. 하지만 의뢰인이 일주일치의 광고비를 지불해 준 상태였기 때문에 이미 내보낸 저 광고를 사무실 광고로 활용하고 싶어졌다. 그래서 나는 광고 업체에 문구를 수정해달라고 요청하기로 했다. 가능한 한 추가 비용이 적게 들도록 전날 올렸던 광고 문구에서 극히 일부분만을 추가해서 고쳤다.

 「사람을 찾[[았]]습니다. 나이 35세. 특이사항: 인공지능으로부터 오늘 안에 죽게 된다는 말을 들음. [[그러나 죽지 않고 무사히 살아 있음.]]」

 급한 일을 처리하고 난 후, 읽으려던 책을 다시 제대로 읽으며 여유롭게 오전 시간을 보냈다.

예언자 일보

　햇살돛으로 움직이는 우주 범선인 파피용호가 낯선 행성에 도착하는 내용에 접어들었을 즈음, 오전 업무를 마치고 나온 언자가 서재에서 나왔다. 언자는 오늘 점심은 함께 나가서 먹을까, 하고 말을 꺼냈다. 어제의 사건이 무사히 마무리된 걸 기념하자며. 어제 저녁은 아직 축하하기에는 일렀다고 생각해서 오늘이 되어서야 비로소 제안하는 거라고 말했다. 역시나 확실한걸 좋아하는 언자였다.

　판치야, 사카비토, 문러너……. 언자와 함께 애플리케이션이 추천해 준 식당들을 살펴보는데, 탐정 사무실로부터 알람이 격렬하게 울리기 시작했다.

　"어쩐 일로 이틀 연속으로 일이 들어오는 거지?" 심지어 한 건이 아니라 여러 건이었다.

　언자가 보는 앞에서 일이 몰려와서 우쭐한 기분이 드는 한편, 갑작스러운 상황에 어안이 벙벙했다.

　언자는 웃으면서, "정원에 나비가 몰려든다는 어제의 그 구절이 오늘 이뤄지는 건 아닐까?"라고 말했다.

　"어제는 그 화려한 나비가 언자라더니만?"

　인공지능이 언자가 나비인 게 맞다고 인정해주었다는 말은 하지 않았다. 언자가 으스댈 게 뻔했기 때문이었다.

　"내가 나비라면 더 좋겠지만, 오빠 일이 잘되는 모습이 보기 좋아서."

이준형

언자는 나에게 사무실에 가보라며, 자기가 혼자 나가 점심을 포장해 오겠다면서 집을 나섰다. 나는 호출에 응하기 위해서 서재로 들어가서 고글을 썼다. 그런데 이게 웬걸? 두세 명 정도의 의뢰인이 있을 줄로 예상했지만, 그보다 훨씬 많은 수십 명의 사람들이 사이버 사무실에서 소란을 피우고 있었다. 사무실을 연 이래 처음 있는 일이었다. 사람들은 광고를 보고 왔다며, 저마다 서로 자기의 이야기를 먼저 들어달라며 아우성을 쳤다. 광고라면 아까 수정한 그 광고를 말하는 건가? 홍보 효과를 몸소 느낄 수 있었다.

나는 한 덩이로 뭉쳐 있는 폴리곤 덩어리의 사람들에게 한 줄로 서달라고 소리쳤지만 다들 자기가 먼저 왔다며 질서를 지킬 생각을 하지 않았다. 급한 문제에 부닥쳤다는 건 알겠지만 이래가지고는 무슨 일인지 알아낼 수조차 없을 것 같았다. 목소리 큰 사람이 이긴다고 했던가? 나는 배에 힘을 단단히 주고 누구보다 목청을 높여 외쳤다.

"내 상황이 가장 심각하다, 라고 생각하시는 분부터 앞으로 나와주세요!"

소리치고 나자 되려 더 소란스러워졌다. 서로 자신이 가장 큰 문제에 봉착했다며 앞다투어 나섰다. 도대체 다들 얼마나 시급한 사건이 터졌길래 이리도 한 치의 양보 없이 밀쳐내기 급급한가 싶어 씁쓸했다. 나는 뜻을 전달하기 위해 목소리의 볼륨을 더 높이는 대신 아바타 위로 말풍선을 달았다.

예언자 일보

「글로 설명해주시면 들어드릴게요. 타자를 쳐서 올려주세요!」

글을 들어준다는 표현이 새삼 이상하게 느껴졌지만 이미 뱉은 말풍선이었다. 그래도 의미는 잘 전달되었는지 사람들은 동작을 멈추었다. 일순간 주변이 고요해졌다. 타자를 입력하는 손동작들이 눈에 보였다.

사람들의 머리 위로 하나둘 말풍선이 나타나기 시작했고 나는 문장이 완성되는 대로 하나씩 읽어보았다. 그런데 이내 놀라운 사실을 발견했다. 모든 의뢰인들의 고민거리가 똑같다는 것이었다. 정말로 모두가 가장 커다란 고민거리를 안고 있었다.

「인공지능이 나보고 곧 죽는대요.」

구체적인 날짜는 저마다 달랐지만 모두 일주일 내로 사망선고를 받은 상태였다.

"아니, 이게 무슨……."

너무나도 놀란 나머지 말이 나오질 않았다. 의뢰인들은 나의 말을 기다려 어느새 반원 형태로 나를 둘러싸고 있었다. 뭐라도 말을 해야만 했다.

"실례지만 앓으시는 질환이 있으신가요들?"

"나는 병에 걸리지 않았어요. 그리고 내가 의사예요."
의뢰인 중에서 한 명이 한 발짝 앞으로 나오며 말했다.

이준형

"그렇다면······." 어제 텔레비전에서 본 교통사고가 떠올랐다.

"자동차를 타실 예정은 없으시고요?"

"저는 십년 동안 집에서만 일해 왔어요. 밖에 나가지를 않아요." 자신을 세무사라고 밝힌다른 한 명이 말했다.

"그러면······. 인공지능이 다른 별 말은 하지 않던가요?"

어제처럼 동쪽으로 가라든가, 하는 지시가 있다면 그와 거꾸로 하면 된다고 말해 줄 심산이었다. 그러나 이번 의뢰인들은 어제와는 상황이 달랐다. 어째 이번 의뢰인들에게는 인공지능이 특별한 조언을 해주지 않았다고 했다. 인공지능은 그저 의뢰인들에게 평소대로만 지내라고 지시를 했을 따름이었다.

"그럼······."

더 이상의 질문이 궁해진 나는 의뢰인들에게 잠시 자료를 조사하고 오겠다는 말을 남기고 사무실에서 빠져나왔다. 언자의 조언을 듣고 싶어졌다. 고글을 벗자마자 크게 심호흡을 했다. 마침 점심을 사서 돌아온 언자에게 자초지종을 설명했다.

"어제 오빠가 사람을 살려냈다고 광고를 낸 게 효과가 있었나 보다."

"내가 살렸다고 광고한 게 아닌 걸."

예언자 일보

"나한테 해결책이 있어 오빠." 언자는 이렇게 말하고는 부리또를 한입 베어 물었다.

"방법이 있다고? 그런데 지금 이 와중에 밥이 목구멍으로 넘어가?"

언자가 냉철한 논리주의자라는 건 진즉에 알고 있었지만 이런 상황에서도 소화가 되는 모습이 놀라웠다.

"나한테는 늘상 있는 일인데 뭐. 이거 봐봐." 언자는 오물대며 태블릿을 내밀었다.

「이름에 나무 목이나 물 수가 들어 있는 사람을 만나야 길하다.」

태블릿에 나타난 문장은 어제 아침에 보여준 글귀였다.

"이거를 왜 다시 보여주는 건데? 그렇게나 길하고 싶어?"

고개를 들어 언자를 보았다. 대체 어떤 생각으로 이런 심각한 상황에서까지 저 문구를 상기시키는지 의문스러웠다.

"아니, 그 밑의 줄을 읽어 봐."

언자가 나의 정수리에 손을 얹었다. 나는 다시 태블릿에 얼굴을 박았다. 이어지는 문장은 이랬다.

「숫자 8과 10이 이롭고, 보라색 옷이 행운을 불러다 주며, 혈액형이 B형인 후배를 만나야 일이 잘 풀린다.」

지금 도대체 이걸 왜 보여주는지 여전히 의아했다. 그러나 그보다 더 밑에 있는 마지막 문장을 본 나는 펄쩍 뛰었다.

이준형

「그리고 오늘 밤 죽게 된다.」

의뢰인들의 미래와 똑같은 내용이 적혀 있었다.
"왜 이걸 이제야 보여주는 건데! 죽는다잖아!"
나는 심장이 멎을 것처럼 놀라서 언자에게 성을 냈다. 언자가 죽는다니. 언자가 없는 세상이 머릿속에 그려지지 않았다. 삽시간에 눈앞이 캄캄해졌다.
"이렇게 놀랄까 봐 말 안 했지. 그리고 처음 있는 일도 아니고." 언자는 사태의 심각성을 인지하지 못했는지 안온하게 말했다.
"심지어 저 말을 여러 번 들었다고?"
"나도 처음에는 놀랐어. 그런데 결국 인공지능이 예측한 대로 되지 않더라고. 이렇게 숨만 잘 쉬고 있잖아."
언자는 자기의 배를 통통 튕겨 보였다. 거긴 숨이랑은 상관없는 작은창자가 있는 부분이었지만 지금 그걸 지적할 여유는 없었다.
그런데 가만히 듣고 보니 인공지능의 말대로라면 언자는 어제 죽었어야 했다. 그런데 지금 이렇게 내 앞에서 밥을 먹고 있었다. 모든 게 인공지능의 허튼소리에 지나지 않았던 걸까? 죽게 될 거라는 메시지 앞에서 언자가 어떻게 침착함을 유지했는지 이해되었다. 이번에도 그저 인공지능이 오류를

예언자 일보

범한 것이라는 데에 생각이 미치자 한시름이 놓였다. 하긴, 아까도 엉뚱한 첫사랑 노래나 추천해주더니만.

"그러면 사람들한테 다 헛소리니까 그냥 무시하라고 해야겠다."

나는 다시 서재로 들어갈 채비를 했다. 그때 언자가 나의 팔을 잡았다. 그리고 비장한 표정과 말투로 말했다.

"마냥 무시하라는 게 아니야. 그대로 두었다가는 틀림없이 죽게 될 거야."

"인공지능의 예측이 틀렸다며?"

"내 경우엔 일부러 인공지능이 틀리도록 만든 거니까." "어떻게?"

언자가 인공지능보다 한 수 위라는 말인가?

"오빠는 이미 알고 있어. 어제도 인공지능의 콧대를 꺾었잖아."

어제의 사건은 인공지능이 던져준 상세한 지시에 반대로 푸덕인 덕분에 인공지능의 예측이 어긋나게 된 건이었다. 그러나 오늘은 달랐다. 어디로 가라든가, 누구를 만나라는 등의 디테일한 가이드가 없었다. 이번 의뢰인들은 인공지능이 볼 때 다들 모범생인지 그저 평소처럼만 하라고 지시를 했을 뿐이었다. 푸닥거리를 할 표적이 없었다.

"해결책은 이거야. 그건 바로……."

이준형

　언자가 방책을 말하려는데 나에게도 생각이 번뜩 떠올랐다. 표적과 반대로……. 평상시와 다르게…….
　"평소와 다른 하루를 보내면 되는 거지!"
　내가 외치자 언자도 바로 그거라는 듯이 고개를 끄덕였다. 무슨 어려운 일을 하라는 것도 아니고, 그저 시키는 걸 안하기만 하면 되는 문제였다. 나는 신바람이 나서 서재를 향해 발걸음을 떼었다.
　"그런데, 잠깐만." 언자가 다시금 나의 팔을 붙잡았다. 그리고는 뭔가를 발견했는지 태블릿을 응시했다. 몇 번인가 조작을 하더니 내게 태블릿을 내밀었다.
　"이 사람들 정보를 좀 봐."
　깔끔하게 정렬된 표에는 의뢰인들로부터 받은 직업 정보가 정리되어 있었다. 도선사, 의사, 검사, 세무사, 변리사, 약사, 회계사, 건축사…….
　"모두 전문직들이네?"
　"아니아니." 언자가 고개를 저었다.
　"그 옆의 표를 봐봐."
　언자가 가리킨 다른 표에는 의뢰인들이 받은 트로피의 개수가 적혀 있었다. 인공지능이 부여한 과제를 달성할 때마다 받는 훈장이었다. 이 업적을 달성한다고 해서 돈이 들어온다거나 하지는 않았지만 도전욕이 있는 사람들은 목을 매곤 했다. 인공지능의 말을 잘 따랐던 시기의 나도

예언자 일보

업적은 그리 많이 쌓지 못했다. 작은 줄기의 세세한 과제까지 수행하기란 여간 어려운 일이 아니기 때문이었다. 그런데 의뢰인들은 모두 도전 정신이 투철한 사람들인 게 분명했다.

업적 달성률이 어마어마했다. 전부 백퍼센트였다.

"이 사람들 단 한 번도 인공지능의 말을 거역해본 적이 없어 보여." 언자는 이번에는 의뢰인들의 SNS를 훑어보며 말했다.

비단 여기 의뢰인들뿐만이 아니었다. 오히려 인공지능이 짜준 포트폴리오대로 살지 않는 사람을 찾기가 더 힘든 세상이었다. 불확실한 미래에 기계 학습의 결과는 편안함과 안정감을 가져다주었다. 게다가 인공지능의 적절한 운영 덕분에 초고속 승진을 한 언자 또한 수혜의 대상 중 한 명이었다. 그래서 언자의 이번 발견은 그리 특이하게 여겨지지 않았다.

"그래도 인공지능의 말을 무시하라고 일단 말은 해볼게."
"응, 하지만 쉽지는 않을 거야."

다시 사무실에 접속하자 의뢰인들은 나를 둘러싼 그대로 멈춰 서 있었다. 아마도 접속을 유지한 상태로 직장으로 복귀한 모양이었다. 나는 의뢰인들에게 단체 메시지를 보냈다.

「당분간만이라도 출근을 하지 마세요. 단 하루만 청개구리가 되어서 변수를 만드는 거예요. 그래야지만 살 수 있어요.」

이준형

똑똑한 인공지능의 말을 듣지 말고 나의 말을 들으라고 하는 부분에 어폐가 있었지만 다른 묘수가 떠오르지 않았다. 이번만큼은 나의 말이 맞다고 생각했다. 일상에서 잠시 벗어나기만 하면 되는 일이었다.

어제에 이어서 이렇게 또 간단하게 사건을 처리하나 싶어 고글을 벗으려는데 곧이어 의뢰인들로부터 답장이 왔다. 의뢰인들 대부분은 그건 좀 힘들겠다고 답했다. 그리고 또 다른 메시지들이 이어서 도착했다. 이번에는 어째서 컴퓨터의 말에 따를 수밖에 없는지에 대한 부연설명과 다른 방안은 없겠냐는 질문이었다.

'회사에서 큰 프로젝트가 진행 중이다, 중대한 범죄를 수사할 예정이다, 신약의 임상실험을 진행해야 한다. 그래서 허튼짓을 할 수가 없다. 엇나가는 행동을 했다가는 중요한 일을 그르치게 된다.'

자신이 빠지면 큰일이 나기 때문에 일상에서 벗어날 수가 없다는 것이었다. 그렇지만 죽으면 중요한 임무가 다 무슨 소용인가? 죽음 앞에서 의뢰인들의 말이 모두 궁색해 보여 기가 막혔다. 목숨을 먼저 챙기는 게 우선이지 않은가? 언자의 말대로 의뢰인들은 단 하루도 하고싶은 대로 살아본 적이 없는 사람들인 게 분명했다.

인공지능이 예상한대로 행동했다가는 결국 죽음이라는 결과 값이 산출될 게 뻔했다.

예언자 일보

「아니, 그러다가 죽으면 다 무슨 소용인데요!」

답답한 마음에 이번에는 굵은 글씨로 전체 메시지를 보냈다.

답장이 오지 않았다. 그들과 메시지로 실랑이를 하는 지금 이 시간이 촉박하게 느껴졌다. 아무리 생각을 해도 일상에서 벗어나는 것 외에 다른 방법이 떠오르지 않았다. 그래서 나는 더 이상 답장을 기다리지 않고 특단의 조치로 그들에게서 받은 개인 정보를 활용하기로 마음 먹었다.

나는 의뢰인들의 이름으로 그들의 직장 상사와 동료들, 그리고 그들의 고객에게 장문의 이메일을 보냈다. 그 내용을 요약하면 이랬다.

「불가피한 일로 당분간 출근이 어렵게 되었습니다. 사정은 나중에 설명 드리겠습니다. 죄송하지만 업무 관련해서는 다른 분께 요청바랍니다.」

탐정 주제에 오히려 의뢰인들의 명의를 도용하는 범죄를 저질러버렸다. 쿵쾅대는 심장을 부여잡느라 횡설수설을 한 감이 없지 않았지만 일단 전송 버튼을 눌렀다. 모든 게 다 의뢰인들을 위한 일이라며 스스로를 다독였다. 이렇게라도 하지 않으면 인공지능이 예고한 죽음을 오롯이 맞을 수밖에 없지 않겠느냐고 스스로에게 변명을 했다.

오래지 않아 이 사실을 알게 된 의뢰인들이 펄쩍 뛰며 사무실로 들어왔다. 아까보다 더 크게 소란을 피웠다. 심지어

이준형

내 아바타의 멱살을 잡기도 했다. 나는 당신들의 목숨을 구하기 위해 어쩔 수 없이 그리했다고 핑계를 대려고 했다. 그런데 내가 미처 말을 꺼내기도 전에 갑자기 의뢰인들이 잠잠해졌다. 뭐지? 서버가 터졌나?

　의뢰인들은 허공에 시선을 고정한 채 무언가를 읽고 있었다. 저마다 자신의 직장과 고객으로부터 답변을 받은 것이었다. 내가 보낸 메일에 대한 답장이어서인지 내 눈에도 내용이 보였 다. 답변에는 '그리하겠다. 당신 업무는 다른 사람에게 맡기겠으니 걱정 말고 쉬고 오라.'고 적혀 있었다. 나의 멱살을 잡았던 변리사가 슬며시 손을 놓았다. 꼭 자신이 아니어도 일이 멀쩡하게 돌아간다는 생각에 무안해진 것이리라.

　나는 옷에 잡힌 주름을 탈탈 털고 이로써 인공지능이 말한 죽음에서 다들 한 걸음씩 멀어지게 되었으면 좋겠다고 소회를 밝혔다. 그리고 어디 멀리 여행이라도 다녀오라는 말도 주제넘게 덧붙였다. 의뢰인들은 큰 임무를 맡고 있다는 중압감에서 벗어났는지 한결 편안해진 표정으로 고개를 끄덕이며 하나둘 사무실을 나섰다.

　고글을 벗고 방에서 나오자 먼저 퇴근한 언자가 나를 기다리고 있었다. 손에는 와인이 한병 들려 있었다.
　"술 한 잔 어때."

예언자 일보

　당돌하게 술을 병째로 들고 있는 모습에 잠시 주춤했지만, 듣고 싶은 말도 있고 해서 흔쾌히 응했다. 인공지능으로부터 죽음의 저주를 수차례 받아왔다는 언자에게 질문 세례를 퍼붓고 싶은 마음이 굴뚝같았다.
　"종종 인공지능이 시키는 말을 지키지 않았던 거야?"
　언자의 잔을 채우면서 그동안 점점 커지고 쌓였던 의문을 던졌다. 내가 아는 언자는 누구보다 차분하고 혼돈을 싫어하는 사람인데, 인공지능의 예측을 일부러 틀리도록 만들었다는 사실이 놀라웠다.
　"종종 안 들은 건 아니야."
　"그렇지? 어쩌다 한 번, 아주 가끔 거스른 거지?"
　그럼 그렇지. 회사 생활을 하면서 단 한 번의 불평불만도 내비치지 않았던 언자가 인공지능의 말을 완전히 무시했을 리 없었다. 나처럼 인생이 불만족스러운 사람이나 인공지능을 거스르는 법이었다.
　"아니? 나 인공지능이 하라는 대로 한 적 단 한 번도 없어."
　언자의 대답은 나를 혼란스럽게 만들었다. 언자가 인공지능이 한 말을 따르지 않고 그저 흘려버렸다니 믿을 수가 없었다. 언자는 매일 아침마다 인공지능이 이런저런 일을 하라고 추천했다는 말을 나에게 해왔다. 그러면서 정작 본인은 인공지능이 시키는 대로 한 적이 단 한 번도 없다니?

이준형

"그래도 인공지능이 정해준대로 일하고 있잖아. 예산관리팀으로 온 것도 그렇고."

"인공지능이 정한 거 아니야. 내가 스스로 지원한 거야."

"스스로? 왜?"

나는 처음 듣는 말이었다. 언자에게 한 번도 물어본 적은 없었지만, 당연히 신입 사원 배치 프로그램이 예산관리팀으로 배정을 해준 거라고만 생각했다.

"오빠가 있었으니까."

궁금증을 해소하려고 질문을 던졌지만 혼란만 커져갔다.

"나 때문에 일부러 우리 팀에 온 거라고?"

"오빠가 상냥한 사람이라는 걸 알고 있었으니까." 그리고 언자는 또 다시 얼굴에 장난기를 가득 담아 말했다.

"그리고 이름에 나무랑 물도 없고 말이야."

언자는 일부러 어제의 학습 결과를 언급했다. 전혀 재미있지 않았다. 그렇지만 내 얼굴에서는 나도 모르게 미소가 새어나오고 있었다. 내가 함박 웃자 언자가 품으로 날아들었다.

예언자 일보

ⓒ 나비와북, 2025. Printed in Korea

지은이	이준형
번역	유경하
표지 디자인	Joe Fitz
내지 편집	Joe Fitz
전화	010-8227-8359
홈페이지	nabiwabook.com
이메일	nabiwabook2021@naver.com
블로그	blog.naver.com/nabiwabook2021
인스타그램	instagram.com/nabiwabook_publisher
출판일	2025년 03월 20일

ISBN	979-11-989928-2-6
값	6,000 원
일러스트 저작권	ⓒ 2025

- 이 책의 판권은 지은이와 나비와북(Nabiwabook)에 있습니다.
- 이 책에 실린 내용의 무단 전제와 무단 복제를 금합니다.
- 이 책 내용의 전부 또는 일부를 재사용하려면 반드시 양측의 서면 동의를 받아야 합니다.